AF403568

ESSAI

DE TRADUCTION NOUVELLE

EN VERS FRANÇAIS

DES

PSAUMES DE DAVID

Par J^s.-L^t. C^{in}. de Genève.

PARIS,

IMPRIMERIE DE Mme Ve SMITH,

RUE FONTAINE-AU-ROI, 14 TER.

1848.

On ne peut guère, à ce que je crois, se dispenser de reconnaître combien est imparfaite et insuffisante l'ancienne traduction en vers français des psaumes de David, telle qu'elle est encore aujourd'hui en usage dans nos églises. On s'étonne de ne pas posséder depuis longtemps, grâce aux mille poètes qui se sont succédé en France depuis Malherbe, une traduction plus moderne et plus satisfaisante de cette œuvre inspirée, à laquelle il semble que chacun aurait dû à l'envi apporter successivement son tribut de beaux vers. Quelques psaumes seulement ont été nouvellement traduits et en fort bon langage. J'ai trouvé cependant qu'en général ce sont bien moins des traductions proprement dites, capables de donner une idée exacte du texte original, que des imitations ou des paraphrases plus ou moins détournées de leur source primitive. Pour moi, dans cet essai, j'ai eu essentiellement en vue de rester dans l'esprit d'une véritable traduction, m'attachant avant tout à suivre et à rendre le texte aussi scrupuleusement que possible ; autant du moins que le comportent les exigences de la versification, la contrainte de la rime, et la nécessité de faire tout rentrer sous le joug commun d'une coupe de vers une fois adoptée. Mais je n'ai pas tardé à reconnaître que c'est là précisément la tâche la plus difficile dans une œuvre pareille, qui tranche d'une manière si marquée, par le style, par la couleur, par le fond même du langage, avec les formes et les allures de notre langue moderne, et en particulier de notre langue poétique. Je ne peux donc pas me flatter d'avoir atteint le but aussi complétement que je l'eusse désiré ; et, quoique la plupart des psaumes qui suivent me paraissent remplir, autant que j'y pouvais prétendre, cette condition d'exactitude et de fidélité au texte, il en est quelques-uns dans lesquels, malgré moi, par découragement ou par impuissance, j'ai encore beaucoup trop cédé à l'entraînement de la paraphrase et à la tentation d'esquiver quelquefois ce qui se présentait sur ma route comme une pierre d'achoppement. Du reste, ne pouvant discerner moi-même jusqu'à quel point, en définitive, j'ai réussi dans ce premier essai, le désir m'est venu de le soumettre au jugement de quelques personnes compétentes, avant d'aller plus loin. C'est là ce qui en a motivé l'impression à un petit nombre d'exemplaires. Quelle que soit la valeur réelle de ce mince travail, il a eu pour moi le très-grand mérite de m'offrir, au milieu des agitations de l'époque actuelle, un véritable attrait, une de ces distractions sérieuses et bonnes dont on reçoit dans tous les temps un salutaire effet.

Paris, juin 1848.

PSAUME 104.

Éternel, ô mon Dieu, ta grandeur est immense ;
Et, lorsque jusqu'à toi s'élèvent mes regards,
Je te vois revêtu de ta magnificence
Et d'une majesté qui luit de toutes parts !

———

L'Éternel s'enveloppe en des flots de lumière
Comme en un vêtement. Sa main étend les cieux
Et fait de cette voûte égale et régulière
Un vaste pavillon où se perdent nos yeux.

———

Il construit au sommet des eaux supérieures
Ses palais élevés, séjour du Dieu vivant ;
Et, porté sur la nue en ces hautes demeures,
Il parcourt l'infini sur les ailes du vent.

———

Les vents sont ses courriers et portent ses messages,
Et du feu dévorant il fait son serviteur.
Il a fondé la terre en sorte que les âges
Ne puissent l'ébranler de leur cours destructeur.

———

Éternel, tu l'avais couverte de l'abîme
Comme d'un grand linceul ; et les monts orgueilleux
Voyaient les eaux rouler au-dessus de leur cime
Et déchirer les flancs de leurs rocs sourcilleux.

Mais, ô Seigneur, bientôt, à ta voix qui menace,
L'onde cède et recule et fuit de tous côtés ;
Au bruit de ton tonnerre éclatant dans l'espace,
Elle rentre docile en ses bords arrêtés.

—

C'est alors que tu vis les riantes campagnes
En vallons gracieux à ta voix s'abaisser,
Et surgir les sommets de ces hautes montagnes
Que les eaux désormais ne pourront dépasser.

—

Car dès lors à la mer tu traças la limite
Que ta puissante main la force à respecter ;
La terre est pour toujours à ses flots interdite,
Et l'homme peut en paix sur la terre habiter.

—

Voyez, c'est l'Éternel qui mène en nos vallées
Les canaux souterrains de ces nombreux ruisseaux
Où les bêtes des champs, en troupes rassemblées,
Accourent s'abreuver de salutaires eaux.

—

C'est là, c'est au trésor de ces sources si belles,
Que vient puiser le bœuf en quittant les guérets ;
Et les oiseaux des cieux habitent auprès d'elles
Et font de leurs concerts résonner les forêts.

—

Éternel, c'est par toi que la terre embellie
Se pare de ses fleurs, se couvre de ses fruits ;
C'est par toi qu'en tout temps elle se rassasie
De ces riches moissons qu'en elle tu produis.

Il prépare au bétail un bienfaisant herbage ;
De la terre pour l'homme il fait sortir le pain ;
Du vin qui réjouit il lui donne l'usage,
Et tout être ici-bas est nourri par sa main.

—

L'arbre dont le sommet semble toucher la nue,
Le cèdre du Liban, c'est Lui qui l'a planté ;
Et voyez comme au front de sa cime chenue
Le Seigneur a lui-même empreint sa majesté !

—

Voyez, il a prescrit et la route et la place
De ces astres nombreux que lui seul fait marcher ;
La lune, par ses soins, du temps marque l'espace,
Et le soleil connaît le lieu de son coucher.

—

Sur chaque soir il fait descendre les ténèbres,
Il amène la nuit qui remplace le jour ;
Et les lions des bois, jetant leurs cris funèbres,
Poursuivent l'aliment qu'il leur donne à leur tour.

—

Le soleil paraît-il, ils rentrent en silence
Dans leurs antres obscurs ; et l'homme peut alors
Se livrer au travail qui doit en abondance
A la terre féconde arracher ses trésors.

—

Dans tes œuvres, grand Dieu, quelle immense richesse !
Quel nombre ! quel éclat ! quelle diversité !
Et dans toutes, Seigneur, se montre ta sagesse ;
La terre resplendit de ta haute bonté.

Et la mer, qu'elle est grande ! et combien on l'admire,
Cette mer où l'on voit , parmi tant d'animaux,
Bondir le léviathan à côté du navire ,
Ce monstre que tu fis pour jouer dans ses eaux !

—

Tous les êtres , bon Dieu, qui peuplent la nature
S'attendent à toi seul , à toi qui les soutiens ;
Ouvres-tu ta main droite , ils ont leur nourriture
Et sont au même instant comblés de tous tes biens.

—

Leur caches-tu ta face , ils sont comme en démence ;
Retires-tu leur souffle , ils tombent abattus ;
Mais , si de ton Esprit tu leur rends la présence ,
D'une nouvelle vie on les voit revêtus.

—

C'est Lui ,c'est l'Éternel qui regarde la terre ,
Et la terre a tremblé..... C'est Lui , lorsque l'on voit
La montagne au sommet fumer comme un cratère ,
C'est lui qui l'a touchée en passant de son doigt.

—

A célébrer son nom l'Éternel me convie ;
Il prête à mes accords un bienveillant appui.
Je veux à le bénir passer toute ma vie,
Et qu'à toujours mon cœur se réjouisse en lui.

—

Que les pécheurs vaincus disparaissent du monde !
Délivre-nous , grand Dieu, du souffle des méchants !....
Bénissons le Seigneur, et sa grâce féconde,
Comme un encens propice accueillera nos chants.

PSAUME 139.

Grand Dieu, toi l'auteur de mon être,
Tu m'as sondé, tu m'as connu ;
Sous ton regard, ô divin maître,
Mon âme se présente à nu.
Que je marche ou que je m'arrête,
Ce regard plane sur ma tête,
Et tous mes efforts seraient vains :
Devant toi ma vie est tracée,
Et tu plonges dans ma pensée
Comme dans l'œuvre de mes mains.

—

Avant même que la parole
Sur ma lèvre ait pu se placer,
Tu la saisis, grave ou frivole,
Et rien ne peut plus l'effacer.
A l'entour de moi tu rayonnes,
De toutes parts tu m'environnes,
Tu me tiens serré dans ta main.
Ta science est si merveilleuse,
Si puissante et si lumineuse
Qu'elle éblouit tout œil humain.

—

Où me cacher loin de ta face ?
Où me voiler à ton Esprit ?

Partout, Seigneur, je vois ta place,
Partout ton pouvoir est écrit.
Si je monte aux cieux, ta présence
Me confond dans mon indigence,
Et comme un feu ton œil est là ;
Sur la terre si je retombe,
Si je me couche dans la tombe,
Tu me suis encor, te voilà !

—

Quand sur les ailes de l'aurore
Jusqu'au bout des mers je fuirais,
Ton bras me conduirait encore,
Et sous ta main tu me tiendrais.
Si je dis : « Au moins les ténèbres,
« Me couvrant de leurs plis funèbres,
« Me feront un obscur séjour,.... »
Voici : la nuit même est lumière
Et te livre mon âme entière
Comme à l'éclat du plus grand jour.

—

Rien n'échappe à ta connaissance,
Seigneur, en cet être mortel
Que toi-même dans ta puissance
Tu créas au sein maternel ;
Toi que je dois louer sans cesse
Et bénir pour cette sagesse,
Pour ce soin, cet art consommé,
Qui se montrent dans la structure,
Dans l'admirable architecture
De ce corps que tu m'as formé.

Car toi seul connais les merveilles
De ce travail mystérieux
Que tu produis, que tu surveilles,
Que tu conduis du haut des cieux.
Lorsque ce corps n'était qu'un germe,
Ton œil le suivait jusqu'au terme
Que lui préparait ton amour;
Et ses progrès imperceptibles,
Qui pour toi seul étaient visibles,
Tu les comptais de jour en jour.

—

Éternel, tes hautes pensées,
Dont le nombre est si merveilleux,
Sont des richesses entassées
Qui resplendissent à mes yeux.
Pour en mesurer l'étendue,
Il me faudrait percer la nue,
Moi qui rampe comme le ver;
C'est un trésor incalculable,
Plus nombreux que les grains de sable
Que couvrent les flots de la mer.

—

Oh! qu'il m'est doux, quand je m'éveille,
De me retrouver avec toi!
Mais, grand Dieu, prête-moi l'oreille :
Dans ta bonté délivre-moi
Des méchans dont l'affreuse engeance
Insulte à ta toute-puissance,
Et maudit ton nom redouté.
Ces noirs esprits qui te haïssent,

Ne veux-tu donc pas qu'ils périssent
Devant ta sainte majesté ?

—

Pleins de blasphême, effroi du juste,
Tyrans de ceux que tu soutiens,
Ennemis de ton nom auguste,
Ne sont-ils pas aussi les miens ?...
O Dieu fort ! ô Dieu notre père !
Sonde mon cœur, et considère
Si ta loi règle mes discours.
Vois si je marche dans le vice ;
Mais si mon cœur est sans malice,
Éternel, conduis-moi toujours !

PSAUME 102.

Éternel! Éternel! écoute ma requête,
Et que mon cri plaintif arrive jusqu'à toi;
En ces jours de malheur amassés sur ma tête,
Ne cache pas, Seigneur, ta face loin de moi.

—

Ah! prête-moi l'oreille, et daigne offrir encore
A celui qui t'invoque un abri protecteur;
Hâte-toi, Dieu puissant, au jour où je t'implore,
Hâte-toi d'exaucer ton humble serviteur.

—

Car déjà, je le sens, mes jours s'évanouissent
Comme on voit la fumée au loin s'évaporer;
Et mes os calcinés se consument, périssent,
Comme un bois que le feu s'empresse à dévorer.

—

Mon cœur, frappé d'un coup qui l'oppresse et l'accable,
Se flétrit comme l'herbe en un soleil ardent,
Et ne se souvient plus qu'à ce corps misérable,
A ce corps qui s'épuise, il faut un aliment.

—

La plainte, sans relâche à mon âme arrachée,
M'enlève chaque jour un reste de vigueur;
Et sur mes os s'attache une peau desséchée
A force de gémir, d'exhaler ma douleur.

C'est par là que ce corps est devenu semblable
Au cormoran sauvage errant dans le désert,
Ou semblable au hibou dont le cri lamentable
Fait entendre la nuit son lugubre concert.

—

Je veille, seul et triste en ma pensée amère,
Comme le passereau sur le haut d'une tour;
Et, sur moi cependant déchaînant leur colère,
Mes ennemis vainqueurs m'outragent chaque jour.

—

Je vois mêler la cendre au pain qui m'alimente;
Je vois mêler mes pleurs au vin qui m'est versé.
Ainsi pèse sur moi, Seigneur, ta main puissante;
Car toi seul m'élevas, toi seul m'as renversé.

—

Ma vie abandonnée est une ombre qui passe;
Comme l'herbe des prés je vois faner mes jours.
Ton nom seul, Dieu puissant, ton nom que rien n'efface,
Demeure d'âge en âge et régnera toujours.

—

Mais tu te lèveras, ô notre Dieu fidèle,
Tu prendras en pitié cette triste Sion;
Il est temps qu'en ton cœur tu te souviennes d'elle;
Voici le jour marqué de ta compassion.

—

Car à tes serviteurs cette Sion est chère,
Les pierres de ses murs parlent à leur amour;
Ils sont émus de voir languir dans la poussière
Cet orgueil de leur cœur, ce bien-aimé séjour.

Mais alors, Éternel, quand ta voix si féconde
D'un mot relèvera la superbe cité,
Par les rois de la terre et les peuples du monde
On verra ton saint nom à jamais redouté.

—

Oui, lorsque l'Éternel, se montrant dans sa gloire,
Pour son peuple souffrant daignera s'attendrir,
Le siècle en transmettra l'éternelle mémoire,
Comme un signe éclatant, aux siècles à venir.

—

Et nos derniers neveux rediront sa clémence,
Pour avoir regardé du haut de son saint lieu,
Et relevé l'espoir de ce peuple en souffrance
Qui dans tous ses périls ne s'attend qu'à son Dieu.

—

Car il déliera ceux qui dans les fers gémissent,
Ceux qui sont aujourd'hui destinés à la mort;
Afin qu'en ses parvis les peuples le bénissent
Et célèbrent en lui le vrai Dieu, le Dieu fort.

—

C'est alors que Sion, Jérusalem la sainte,
Verront peuples et rois venir de tous côtés,
Et des lieux consacrés remplir la vaste enceinte,
Pour servir l'Éternel et louer ses bontés.

—

L'Éternel, arrêtant ma force dans sa source,
Semblait tarir ma vie; et j'ai dit : O Dieu fort,
Ah! ne m'enlève pas au milieu de ma course,
Ne m'abandonne pas aux liens de la mort!

Pour toi, Seigneur, tes jours durent dans tous les âges ;
Car tu fondas les cieux dès le commencement,
Et la terre et les eaux, ces superbes ouvrages,
Qui pourtant périront, hélas ! trop promptement.

———

Mais tu restes toujours, et tandis qu'ils vieillissent,
Et qu'on les voit changer, par ton ordre divin,
Comme des vêtements qui s'usent et finissent,
Tes ans, Seigneur, tes ans n'auront jamais de fin.

———

Nos enfans, assurés dans ta sainte alliance,
Auront une demeure à perpétuité ;
On verra s'affermir, Seigneur, en ta présence,
Les derniers rejetons de leur postérité.

PSAUME 146.

Je te louerai, Seigneur, et dans toute ma vie
On verra les élans de mon âme ravie
      Jusqu'à toi s'élever.
Sur les enfans de l'homme en vain l'homme se fonde ;
Il n'est fils de la terre, il n'est prince du monde
      Qui puisse le sauver.

—

L'homme a son jour marqué : la mort vient le dissoudre ;
L'âme échappe, et le corps s'en retourne à la poudre
      D'où le corps fut tiré.
C'en est fait, en un jour tous ses desseins périssent ;
Des biens qu'il poursuivait et qui s'évanouissent
      Un jour l'a séparé.

—

Bienheureux l'homme auquel est en aide constante
Le Dieu fort de Jacob, et qui met son attente
      Dans l'éternel appui
De ce Dieu qui forma cette terre si belle,
Et la mer, et les cieux dont la voûte étincelle
      Au travers de la nuit.

—

C'est le Dieu qui, toujours fidèle à sa promesse,
Fait droit aux opprimés. Du pauvre en sa détresse
      Il apaise la faim ;
Lui dont la providence enrichit la nature
Et donne l'aliment à toute créature
      Qui l'attend de sa main.

En lui règne à toujours la puissance infinie ,
Et la force qui joint et celle qui délie ;
    Tout reconnaît ses lois.
Il commande, et l'aveugle a revu la lumière,
Et le faible, abattu, couché dans la poussière,
    Se relève à sa voix.

—

Il est l'ami du juste et l'époux de la veuve ;
Il est pour l'orphelin la mère qui l'abreuve ;
    Et le pauvre étranger
Retrouve près de lui parens, amis, patrie ;
C'est le bras tout-puissant qui, protégeant sa vie,
    Le garde du danger.

—

Mais il viendra briser les perfides manœuvres
Et l'espoir des méchans ; et dans leurs propres œuvres
    Il les renversera.
Réjouis-toi, Sion, et bénis ton partage ;
Ton Dieu, c'est le Dieu fort, et toujours d'âge en âge
    L'Éternel régnera !

PSAUME 90.

Tu fus toujours pour nous une retraite sûre,
Dieu fort, Dieu d'Israël, maître de la nature!...
Quand par toi dans les airs le monde fut jeté,
Que tu donnas sa forme à la terre habitable,
A ces monts entassés leur base inébranlable,
Ton règne était déjà de toute éternité!...

—

L'homme voit par ta main mesurer sa carrière :
« Fils des hommes, » dis-tu, « retournez en poussière. » ...
Tu dis, et loin de nous sans retour le temps fuit.
Mais mille ans sont pour toi comme un point dans l'espace,
Comme le jour d'hier, comme la faible trace
Que laisse, au jour naissant, la veille d'une nuit.

—

Comme en un courant d'eau ta main pousse les hommes ;
Entraînés malgré nous et faibles que nous sommes,
Nous n'avons que l'éclat d'un songe du matin.
Nous passons comme l'herbe et fleurissons comme elle
Un instant ; puis, le soir, la faucille cruelle
Vient d'un coup brusquement trancher notre destin.

—

Car, vaincus sous le poids de ton regard sévère,
Nous sommes consumés par ta sainte colère,
Détruits comme au foyer de ton juste courroux.
Tu mets devant tes yeux nos péchés en leur place,

Et tu fais apparaître aux clartés de ta face
Tous ces vices masqués qui se cachent en nous.

—

C'est pourquoi nous voyons, à peine commencée,
La chaîne de nos ans fuir comme une pensée ;
C'est là de nos péchés le premier châtiment.
Nous sommes abrégés par le courroux céleste ;
Et de ces jours si courts, dont plus tard rien ne reste,
Le plus beau, le plus pur n'est que peine et tourment.

—

Ainsi l'homme s'envole en sa course rapide ;
De ces jours fugitifs que sa main dilapide
L'homme à quatre-vingts ans voit le terme tracé ;
A septante, souvent, il aboutit à peine ;
Tant l'espace aujourd'hui de cette vie humaine
Est loin de ce qu'était la vie au temps passé.

—

Oh ! qui connaît assez dans son imprévoyance,
Qui connaît ta colère et toute sa puissance,
Pour te craindre toujours, Seigneur, comme on le doit ?...
Ah ! pour avoir un cœur imbu de ta sagesse,
Enseigne-nous toi-même à voir que le temps presse,
A compter de nos jours l'espace trop étroit.

—

Éternel ! jusqu'à quand durera ta colère !...
Reviens à nous, Dieu bon, et que ton cœur de père
S'apaise et s'attendrisse envers tes serviteurs.
Qu'à chaque jour naissant ta bonté rassasie
Notre âme, et qu'elle puisse ainsi toute sa vie
Après de tristes jours goûter des jours meilleurs.

Et de nos jours heureux daigne égaler le nombre
Au nombre de ces jours passés comme dans l'ombre,
Sous le poids du chagrin, sous l'empire des maux.
Qu'envers tes serviteurs ta faveur s'accomplisse,
Qu'en nous, qu'en nos enfans ta gloire resplendisse ;
Éternel ! conduis-nous et bénis nos travaux !

PSAUME 66.

Vous tous, habitans de la terre,
Éclatez en concerts joyeux,
Et, louant le Dieu qu'on révère,
Dites à ce roi glorieux :
Roi, seul puissant, seul invincible,
Oh! que ton bras paraît terrible
Dans l'œuvre de tes volontés !
Tes ennemis dans la poussière,
Devant ta force et ta lumière,
Demeurent soumis et domptés.

—

A tes louanges immortelles
L'univers entier s'unira ;
Devant tes grandeurs éternelles
L'univers se prosternera.
Venez, voyez, ô fils des hommes,
Comme envers nous, tant que nous sommes,
Il a signalé ses hauts faits !
Voyez par combien de prodiges,
Par combien d'éclatans vestiges
Nous pouvons compter ses bienfaits !

—

De la mer écartant les ondes,
D'un seul mot il nous a tracé
La route où dans les eaux profondes
Un peuple entier s'est élancé.

Oh ! c’est alors qu’avec puissance,
Bénissant notre délivrance,
Nous avons loué le Dieu fort,
Quand sa main qui couvrait nos têtes,
Du milieu même des tempêtes
Nous faisait arriver au port.

—

Par son immuable puissance
Il domine éternellement ;
Et, l’œil ouvert, sa providence
Sur nous repose constamment.
Il tient en sa main les armées
De ces tribus disséminées
Qui couvrent le vaste univers.
Contre son joug que pourraient-elles ?
Il est le maître des rebelles
Comme il est l’effroi des pervers.

—

Vous tous que son pouvoir réclame,
Peuples, bénissez notre Dieu.
Il rendit la vie à notre âme
En nous éprouvant par le feu.
Comme l’argent que l’on affine,
Seigneur, ta justice divine
Voulut épurer notre foi ;
Mais tu guidas nos pas toi-même,
De peur qu’en leur faiblesse extrême
Ils ne bronchassent dans ta loi.

—

Car, ô Dieu, pour notre détresse,
Il fallait selon tes arrêts

Qu'une race impie et traîtresse
Nous tînt enlacés en ses rets.
Il fallait que nos destinées
Fussent un temps comme enchaînées,
Pour que ton bras, en ce péril,
Vînt nous conduire à l'abondance
Que nous réservait ta clémence
Au bout de la terre d'exil.

—

Seigneur, j'irai dans ta demeure
Acquitter les vœux que j'ai faits,
Lorsque, dans mes maux, à toute heure
Mon âme pliait sous le faix ;
J'irai devant tes tabernacles,
Célébrant les nombreux miracles
Dont nous a comblés ta faveur,
Remplir envers toi les promesses
Que mon âme, au fort des détresses,
T'adressait dans sa sainte ardeur.

—

Vous tous qui vivez dans sa crainte,
Écoutez-moi, je vous dirai
Pourquoi dans sa demeure sainte
Je viens bénir son nom sacré.
Si mon cœur, rongé de malice,
Eût voulu le rendre propice,
Ce Dieu ne m'eût point écouté ;
Mais, attentif au cœur sincère,
Il a fait monter ma prière
Jusqu'au trône de sa bonté.

PSAUME 38.

Ah ! détourne les coups de ton bras qui châtie,
Détourne, Dieu puissant, les rigueurs de ta loi !
Car sur moi j'ai senti ta main appesantie,
Et tes traits ont percé jusqu'au dedans de moi.

—

Il ne reste en mon corps, Seigneur, par ta colère,
Aucun point qui ne saigne et qui ne soit touché ;
Jusqu'en mes os tremblans, par ton juste salaire,
J'ai connu l'amertume et les fruits du péché.

—

Car mes iniquités sur ma tête coupable
S'élèvent comme un bloc qui retombe sur moi.
Ma force ne peut rien sous ce poids qui m'accable ;
Ma force ne peut rien, Éternel, que par toi.

—

Mon cœur est une plaie infecte et corrompue
Qu'engendrent ma folie et mes égaremens.
Je succombe, et le deuil de mon âme abattue
Nuit et jour m'enveloppe en de noirs vêtemens.

—

Mon corps est tout entier en proie à la souffrance ;
Je suis faible, meurtri, brisé par les douleurs.
La fièvre est dans mes reins ; mon esprit en démence
Rugit et se démène en de vaines fureurs.

Seigneur, dont le regard sans cesse m'environne,
Tu connais mes désirs et mes gémissemens.
Mon cœur est agité, ma force m'abandonne ;
La clarté de mes yeux s'éteint dans les tourmens.

—

Ils sont comme perdus et privés de lumière.
Cependant on m'évite, on fuit de toutes parts ;
De proches et d'amis déjà la foule entière
S'éloigne de la plaie ouverte à leurs regards.

—

Ceux qu'acharnent sur moi la malice et l'envie
M'entourent chaque jour de leurs piéges nombreux ;
Conjurés pour ma perte, ils jettent sur ma vie
Chaque jour quelques traits de leurs cœurs venimeux.

—

Mais moi je n'entends plus, aucun son ne m'arrive,
Je suis sourd à leurs cris, sourd à tous les accens ;
Et je reste muet, et mon âme plaintive
Ferait pour s'exhaler des efforts impuissans.

—

C'est toi qui l'entendras cette âme suppliante,
Éternel, puisqu'en toi j'ai mis tout mon espoir.
C'est pourquoi je t'ai dit : « Oh ! trompe leur attente,
« Fais que sous ta disgrâce ils ne puissent me voir. »

—

« Que dans mes maux, Seigneur, cette troupe inhumaine
« Ne puisse insolemment s'élever contre moi,
« Et montrer son triomphe, et jouir de ma peine,
« Par cela que mes pieds ont bronché dans ta loi. »

Je suis près de tomber, je le sens, et je tremble ;
La cause de ma chûte est là devant mes yeux :
L'angoisse de mon cœur en un faisceau rassemble
Et compte avec effroi mes péchés odieux.

—

Et cependant, Seigneur, tu laisses encor vivre
Ces hommes dont le nombre augmente et se grossit
De tous ceux dont la haine, ardente à me poursuivre,
Sans sujet persécute un nom qu'elle maudit.

—

Car chez eux le bienfait est payé par l'offense :
J'ai semé dans leur terre et n'en recueille rien
Que la haine, l'envie, et cette malveillance
Qui s'attache à celui qui pratique le bien.

—

Ne m'abandonne pas, ô Dieu, mon espérance !
Ne laisse pas ton cœur se détourner de moi.
Que ton bras me soutienne et soit ma délivrance ;
J'implore son appui ; viens, Seigneur, hâte-toi !

PSAUME 68.

Dieu se lève, et soudain ses ennemis fléchissent.
Il jette un seul regard, et ceux qui le haïssent
    Sont déjà terrassés.
Comme la cire fond sous la mèche enflammée,
Comme on voit par le vent balayer la fumée,
    Il les a dispersés.

—

Ainsi meurt le méchant ; mais, heureux dans sa voie,
Le juste s'applaudit et tressaille de joie.
    Honneur soit à son Dieu !
L'Éternel est son nom ; qu'à lui soient vos hommages,
Exaltez ce Dieu fort que portent les nuages
    Aux parvis du saint lieu.

—

La veuve et l'orphelin trouvent en lui leur père.
Il délivre l'esclave, et sa sainte colère
    D'un mot brise les fers.
Il donne les douceurs des amours paternelles
Aux cœurs simples et droits, tandis que les rebelles
    Vont languir aux déserts.

—

Ô Dieu, quand tu sortis devant ton peuple immense,
Quand tu le précédais, guidant sa délivrance,
    Dans les sables sans fin ;
Quand, soulageant l'ardeur de cette course errante,
Tu donnais à sa soif la source jaillissante
    Et la manne à sa faim ;

On vit trembler la terre, et ta seule présence
Répandit en torrens cette eau qui se balance
                    A la voûte du ciel.
Sinaï s'ébranla sur sa base profonde,
Et la foudre éclata pour annoncer au monde
                    Le grand Dieu d'Israël.

—

Ô Dieu, tu fais tomber tes bienfaisantes pluies
Sur ton humble héritage, et tu le fortifies
                    Quand il est épuisé.
Le peuple qui te suit te doit sa délivrance;
Au sortir du désert, sur les champs d'abondance
                    C'est toi qui l'as posé.

—

En attendant les jours qu'annonçait la promesse,
C'est toi qui le soutins dans ses jours de détresse,
                    Seigneur, par tes bontés.
Comme on voit au printemps voler les hirondelles,
On a vu les porteurs de ces bonnes nouvelles
                    Voler de tous côtés.

—

Oh! combien l'Éternel, dans sa munificence,
Nous donna de sujets de louer sa puissance,
                    Quand, sur notre chemin,
Son bras vint disperser au loin dans les campagnes
Ces rois dont on a vu nos timides compagnes
                    Partager le butin !

—

Nation si longtemps abjecte et rebutée,
Tu brillas en ce jour comme l'aile argentée
                    Du cygne au cou soyeux,

Ou comme de ces monts on voit briller le faîte,
Quand la neige s'étale et recouvre la crête
        Du Tsalmon sourcilleux !

        —

La montagne de Dieu, celle qu'il s'est choisie,
Dépasse de ces monts la hauteur infinie
        Et s'élève entre tous.
C'est là qu'il a fixé sa demeure éternelle.
Devant ce haut séjour de sa gloire immortelle,
        O monts, abaissez-vous !

        —

Ses victoires sans nombre en tous lieux sont semées ;
Il compte ses captifs, il compte ses armées
        Par milliers redoublés.
Béni soit le Seigneur ! et que nos saints cantiques
Exaltent sa grandeur et les dons magnifiques
        Dont il nous a comblés.

        —

Le Seigneur comblera les rebelles eux-mêmes ;
Il nous comblera tous de ses faveurs suprêmes,
        Pour que tous au saint lieu
Nous puissions habiter avec lui sa demeure,
Et que tous nous puissions contempler à toute heure
        L'Éternel notre Dieu.

        —

Il est seul notre force et notre délivrance ;
Il est notre rocher et la seule puissance
        Qui sauve de la mort.
Il a dit : « Sur tes pas je suspendrai les ondes ;
« Je te retirerai du sein des mers profondes ;
        « Car je suis le Dieu fort. »

Mais il déchaînera tôt ou tard ses tempêtes
Sur les cœurs endurcis. Il brisera vos têtes,
        Ennemis orgueilleux !
Il appesantira son châtiment sévère
Sur qui, sourd à sa voix, résiste et persévère
        Dans le vice odieux.

—

Éternel, on a vu ta marche glorieuse :
Les chantres précédaient cette ligne onduleuse
        Que formaient nos tribus ;
Les instruments suivaient ; et nos vierges décentes
En cortége chantaient de leurs voix triomphantes
        Tes ennemis vaincus.

—

Gloire à Dieu ! l'on verra les rois, comme en exemple,
Apportant des présens en offrande à son temple,
        Venir le célébrer ;
On verra, d'Orient et d'Égypte, des princes
Accourir et quitter leurs lointaines provinces,
        Pressés de l'adorer.

—

Royaumes de la terre, entonnez ses louanges ;
Glorifiez celui qui, servi par les anges,
        Règne au-dessus des cieux ;
Dont la voix retentit au sommet des nuages,
Dès le commencement et par-delà les âges
        Toujours victorieux !

PSAUME 33.

Justes, chantez de joie et louez l'Éternel ;
Sa louange appartient aux cœurs droits et sincères.
Célébrez sa puissance et son nom immortel,
Et qu'un hymne nouveau s'unisse à vos prières.

—

Car sa parole est droite, et sa fidélité
Comme dans un miroir se voit en ses ouvrages.
Il aime la justice, et sa toute-bonté
Remplit cet univers d'éclatans témoignages.

—

Par sa seule parole il a formé les cieux :
D'un souffle de sa voix, cette voûte animée
Où tant d'astres divers scintillent à nos yeux
A vu créer les rangs de sa nombreuse armée.

—

De la mer, qu'il contient, il roule par monceaux
Les flots tumultueux et les vagues profondes ;
Ramassant les trésors de ces puissantes eaux,
Il met comme en un tas les ondes sur les ondes.

—

Que la terre s'abaisse, humble et mortel séjour ;
Qu'elle tremble au seul nom de sa majesté sainte ;
Et que les habitans de la terre, à leur tour,
Redoutent l'Éternel et vivent dans sa crainte.

Car, dès qu'il a parlé, ce qu'il a dit prend corps,
Et le néant lui-même à sa voix reçoit l'être ;
Ce qu'il a commandé, sans travail, sans efforts,
Comme un fait accompli s'empresse à comparaître.

—

Des peuples et des rois il dissipe en leur cours
Et rompt les vains conseils comme un frêle assemblage.
Mais sa volonté reste et subsiste à toujours ;
Les desseins de son cœur demeurent d'âge en âge.

—

L'Éternel, qui voit tout de ses regards sereins,
Embrasse d'un coup-d'œil tous les enfans des hommes.
Il a formé nos cœurs, et jusque dans nos reins
Il sonde la pensée et voit ce que nous sommes.

—

Sur sa nombreuse armée et sa haute valeur
Pour protéger son trône un prince en vain s'appuie.
Ainsi, dans le péril, et malgré sa vigueur,
Le cheval trompera le guerrier qui s'y fie.

—

Oh ! qu'heureux est le peuple en qui vit le Seigneur,
Celui dont l'Éternel est le Dieu sans partage,
Celui qu'il s'est choisi, qu'il regarde en son cœur
Et qu'il prend sous sa main comme son héritage !

—

Voici, l'œil du Seigneur repose avec bonté
Sur l'homme qui le craint et marche en sa présence,
Sur l'homme qui s'attend à sa gratuité,
Et qui place en lui seul toute son espérance.

Il sait que l'Éternel retiendra seul le bras
De cette avide mort toujours prompte à le suivre ;
Il sait que l'Éternel ne l'abandonne pas ,
Et que dans la famine il peut le faire vivre.

—

Notre âme, qui toujours s'est attendue à lui ,
Viendra se réjouir en sa sainte présence.
Ta bonté soit sur nous , ô grand Dieu , notre appui ;
Éternel , notre force et notre confiance !

PSAUME 91.

Celui qui du Seigneur habite la retraite
Y trouve un doux refuge et repose sa tête
A l'ombre du Très-Haut, dont l'œil veille sur lui.
Je dirai donc : Seigneur, à qui seul je m'adresse,
Je me retire en toi comme en ma forteresse,
En toi seul je m'assure et fonde mon appui.

—

Et toi, mon âme, alors, contre la mort terrible
Il te protégera de son bras invincible ;
Des piéges du chasseur il te délivrera.
Sa vérité sera ta garde et ta défense ;
T'abritant sous son aile, en ton insuffisance
Comme un fort bouclier sa main te couvrira.

—

La nuit au noir manteau ne pourra plus t'atteindre
De ses froides terreurs ; et tu n'auras à craindre
Ni la flèche qui vole aux rayons du soleil,
Ni la mortalité qui vient frapper dans l'ombre,
Ni la destruction dont la figure sombre
Promène en plein midi son lugubre appareil.

—

Et mille tomberont, à ta gauche, en poussière,
Et dix mille à ta droite, avant qu'en ta carrière
La mort, l'avide mort ose approcher de toi.
Seulement, de tes yeux tu verras le supplice
Que réserve aux méchans, dans sa haute justice,
Le Dieu qui les punit du mépris de sa loi.

C'est toi que j'ai choisi, Seigneur, pour mon asile ;
Je me repose en toi comme en un lieu tranquille.
O mon âme, aucun mal jamais ne t'atteindra ;
Jamais aucun fléau ne viendra sous ta tente,
Que pour y voir briser sa fureur impuissante ;
Car de tous les fléaux ton Dieu te sauvera.

—

Il prescrira lui-même à ses anges fidèles
De te prendre en leur mains, de couvrir de leurs ailes
Ce chemin périlleux que tu suis ici-bas.
Et ses anges viendront te porter sur la terre,
De peur que de ton pied tu ne heurtes la pierre
Sur laquelle sans eux iraient broncher tes pas.

—

Ainsi tu marcheras sur le lion superbe,
Sur l'aspic venimeux qui se cache dans l'herbe ;
Tu fouleras aux pieds le dragon rugissant.
Et le Seigneur dira : « Voici, parce qu'il m'aime
« Et qu'il connaît mon nom et sa grandeur suprême,
« Je le délivrerai par ce bras tout-puissant ;

—

« Et je le recevrai dans ma haute retraite ;
« Au jour de la douleur, au jour de la tempête
« Je serai près de lui, j'exaucerai ses vœux.
« Je le rassasierai de nombreuses années
« Toutes pleines de jours et d'honneurs couronnées ;
« Et je lui ferai voir mon salut glorieux.